Publications des « TEMPS NOUVEAUX » — N° 54

Paul BERTHELOT

L'Évangile de l'Heure

Prix : 0 fr. 10

Groupe de Propagande par la Brochure

La propagande par la Brochure est une des meilleures propagandes si on peut la faire avec suite.

Le Révolté, *La Révolte*, *Les Temps Nouveaux* s'y sont employés de leur mieux. A l'heure actuelle, plus de 60 brochures diverses, dont les différents tirages réunis, dépassent un million d'exemplaires, ont été lancées par eux.

Malheureusement, les fonds manquent pour pouvoir en imprimer plus souvent de nouvelles, ou réimprimer, lorsque c'est nécessaire, celles qui sont épuisées.

Il s'agit donc de trouver **500** souscripteurs s'engageant à verser chacun **12** fr. par an. Nous serions alors en mesure d'imprimer chaque mois — ou de réimprimer parmi celles épuisées — une nouvelle brochure de **0** fr. **10** ou deux de **0** fr. **05**.

Par contre, voici les avantages que nous offrons aux souscripteurs :

1° A chaque tirage, il leur sera expédié autant d'exemplaires que le comportera le montant de leur souscription calculé avec une remise de 40 0/0, frais d'envoi déduits.

Ce qui leur permettra de s'employer à la propagande, en faisant circuler les brochures parmi ceux qu'ils connaissent, soit en les distribuant eux-mêmes, soit par la poste lorsqu'ils ne voudront pas faire savoir qu'ils s'intéressent à la propagande;

2° A chaque souscripteur qui sera libéré de sa souscription, il sera envoyé une lithographie spécialement tirée pour les souscripteurs.

Cette lithographie qui sera demandée à l'un des artistes qui ont déjà donné au journal, ne sera pas mise en vente et vaudra à elle seule, largement, le prix de souscription ;

3° A ceux qui souscriront **15** francs par an, il sera expédié un nombre de brochures dont le montant égalera celui de la souscription, calculé, toujours avec une remise de 40 0/0, plus une eau-forte qui, elle aussi, sera tirée spécialement pour eux, et non mise dans le commerce.

Ceux qui savent le prix d'une eau-forte artistique apprécieront le cadeau que nous leur offrons ;

4° A ceux qui souscriront au-dessus de **15** francs, il sera fait cadeau de la lithographie et de l'eau-forte.

Au camarade qui nous trouvera **10** souscripteurs, il sera fait cadeau de la lithographie. — Celui qui en trouvera **20**, recevra l'eau-forte.

Les souscriptions peuvent être versées par fractions mensuelles ou trimestrielles, etc., au gré des souscripteurs.

A ceux qui s'engageront mensuellement et qui ne se libéreraient pas de leur promesse, il sera, à la fin du trimestre, adressé un remboursement pour les 3 mois.

Adresser les souscriptions au camarade Ch. BENOIT,
3, rue Bérite, PARIS.

N.-B. — En discutant avec des camarades, il est facile de leur glisser une brochure, et de leur arracher deux sous. Les souscripteurs pourront ainsi récupérer le montant de leur souscription, et augmenter leur propagande.

Brochures à l'étude : *Les dessous de la campagne du Maroc* de Merrheim. — *Les trois complices (Prêtre, Juge, Soldat)* de R. Chaughi. — *Origines et morale du Christianisme* de Letourneau. — *L'Anarchie et l'Eglise* de Reclus (revue). — *La Loi et l'Autorité* de Kropotkine.

Publications des « TEMPS NOUVEAUX » — N° 54

Paul BERTHELOT

L'ÉVANGILE DE L'HEURE

Prix : 0 fr. 10

1er Tirage, 10,000 Exemplaires

PARIS
TEMPS NOUVEAUX
4, Rue Broca, 4

1912

BIOGRAPHIE DE L'AUTEUR

Paul BERTHELOT, connu aussi chez les espérantistes et les anarchistes sous le pseudonyme de Marcelo Verema, nous est apparu à Rio de Janeiro, il y a quatre ans, venant de Montevideo, la *verda stela* sur son bonnet.

Sa simplicité, sa sobriété, sa franchise parfois brutale, son intelligence, sa vaste culture, spéciale en chimie, botanique et physiologie, sa connaissance de l'idée anarchiste et le charme de sa conversation lui ont bientôt acquis l'estime des camarades et l'admiration de beaucoup d'autres.

Il parlait très rarement da sa personne. Je crois qu'il était né à Paris ; du moins il y faisait sa médecine, quand il dut quitter la France pour fuir la caserne, ne se sentant pas la force physique pour y soutenir une lutte, que cependant il croyait utile.

Il a alors beaucoup voyagé. Orphelin depuis longtemps, son tuteur avait mal administré sa fortune, il en abandonna un reste à une vieille tante. Pour vivre, à l'étranger, il apprit le métier de typographe. A Rio, il obtint la place de professeur de français et d'espéranto à l'Académie Berlitz, puis celle de directeur de la succursale de Petropolis, ville d'été et résidence de diplomates. Cette place, il l'a perdue pour propagande antimilitariste.

Après une période de misère, il allait pouvoir retourner en Europe, quand une femme, professeur d'indiens, lui parla des mœurs, des qualités et de la douceur de ses élèves sauvages, ainsi que de la fertilité des terres occupées par eux.

Et le voilà qui, d'accord avec un groupe d'amis, décide

d'aller étudier les primitifs et les lieux. D'ailleurs, ne serait-il pas possible de profiter de leurs tendances communistes, conquérir leur appui et établir dans leurs régions une colonie libre, qui pourrait aussi rester ouverte aux persécutés des régimes d'oppression ?...

Il s'arrêta d'abord à Leopoldina, État de Goyaz, sur la rivière Araguaya, à quinze jours de voyage de San-Paulo. Un camarade, qui l'avait accompagné, l'y quitta quelques mois après. Plus tard, après avoir étudié les indiens et appris leur langue, tout en collaborant aux journaux amis de San-Paulo et en écrivant *l'Évangile de l'Heure*, il continua son voyage vers le nord, voulant atteindre Belém-do-Para. Il mourut à Conceiçâo-do-Araguya, en août 1910, âgé de 30 ans. Son rapport qu'il m'avait écrit être fini, ne nous est pas malheureusement parvenu.

Kropotkine a écrit, à propos d'Élisée Reclus : « L'anarchie a déjà produit une série de caractères d'une exquise beauté. » Berthelot en était. Comme Reclus, il était anarchiste jusqu'au plus profond de son être ; comme lui, il n'a pas connu l'hypocrisie du despote et de l'ambitieux. La mort a rompu net l'espérance qu'il représentait pour nous.

NENÓ VASCO.

L'ÉVANGILE DE L'HEURE

CHAPITRE PREMIER

1. J'ai vu, j'ai entendu un homme — qui prêchait par les champs, les villages et les villes.

2. Et qui disait : « Je ne suis pas celui qui marque l'Heure — mais je viens annoncer l'Heure prochaine.

3. « Celui qui marque l'Heure vient derrière moi — il est plus grand que moi, il est plus fort que moi.

4. « Son nom est **PEUPLE** — et en ce moment il dort.

5. « Mais je sais qu'il va s'éveiller — et c'est alors qu'il marquera l'Heure.

6. « Il ne viendra pas prêcher de paroles inermes — mais son signe sera sang et feu.

7. « Car il égorgera la vache stérile — et le mauvais grain sera jeté au feu.

8. « Alors bien des choses seront changées de fond en comble — et les premiers seront confondus avec les derniers.

9. « Bienheureux ceux qui seront prêts en ce temps, — car le jour de leur règne sera advenu.

10. « Bienheureux les pauvres, car ils n'auront rien à perdre et tout à gagner. — Bienheureux ceux qui servent, car ils goûteront l'air frais de la liberté.

11. « Bienheureux ceux qui ont faim maintenant, car ils seront rassasiés — bienheureux ceux qui pleurent aujourd'hui, car ils auront sujet de rire.

12. « Mais malheur à ceux qui ne seront pas prêts — car ils gémiront : « Il est trop tard ! il est trop tard ! »

13. « Et quelques-uns voudront feindre — et tenteront de dire : « Me voici, je suis prêt. »

14. « Mais leur voix s'éteindra dans leur bouche — et la Mort passera sur eux.

15. « Alors malheur aux riches, car ils prendront tout — malheur à ceux qui commandent, car personne ne leur obéira.

16. « Malheur à ceux qui se gorgent de superflu, car il leur manquera jusqu'au nécessaire — malheur surtout à ceux qui rient maintenant, car ils auront sujet de pleurer.

17. « Or je vous le dis : préparez-vous dès aujourd'hui — car voici que l'Heure approche.

18. « Pour que votre cœur ne tremble pas dans votre poitrine — et que votre esprit ne se trouble point.

19. « Mais que vous vous réjouissiez avec bonheur — et que vous sachiez ce que vous avez à faire.

20. « Détachez d'abord vos cœurs des richesses personnelles — et ne songez pas à travailler à votre seul profit.

21. « Car celui qui cherche sa fortune personnelle, la perdra — et celui qui renonce à elle, se trouvera riche.

22. « Car celui qui veut être riche, deviendra l'ennemi de tous — et celui qui dit : je n'ai rien, sera riche de tout l'avoir commun.

23. « Celui qui veut travailler pour son seul profit — ne peut rien faire de bon ni de durable.

24. « Il n'ose planter un arbre, ni bâtir une maison — car bien d'autres en jouiront après lui, demain peut-être.

25. « Mais celui qui travaille pour tous — profite du travail de tous.

26. « Car dans ce temps-là rien n'appartiendra à personne — mais tout appartiendra à tous.

27. « Etouffez aussi les pensées d'orgueil et de mépris — et de domination sur vos semblables.

28. « Car celui qui veut s'asseoir à la première place — sera repoussé à la dernière et confondu dans la foule.

29. « Et celui qui veut s'élever sur les autres et commander — souffrira l'affront du refus d'obéissance.

30. « Parce qu'en ce temps-là personne n'obéira plus aux hommes — mais à la seule raison. »

31. Ainsi parlait cet homme — et les gens se groupaient autour de lui ;

32. Et demandaient : Quel est son nom, quelle est sa patrie — et quelle est cette Heure dont il parle ? »

33. Mais il dit : « Mon nom est : Quelqu'un ; ma patrie : La Terre ; et l'Heure que j'annonce est celle des comptes à régler. »

CHAPITRE II

1. Comme il passait dans un village — les paysans s'assemblèrent autour de lui,

2. Et lui dirent : « Toi qui annonce l'Heure — dis-nous ce qu'il faudra faire alors ».

3. Il leur dit : « Quand l'Heure sonnera — réunissez-vous et réjouissez-vous en commun.

4. « Tuez le porc gras et la vache grasse — et tirez le bon vin du cellier.

5. « Et mettez une grande table dans la maison commune — et rassasiez-vous, et divertissez-vous tous ensemble.

6. « Que celui qui vit dans sa maison y demeure — et celui qui vit dans une maison louée, ne paie plus de loyer.

7. « Et que celui qui n'a pas de maison convoque les autres, et leur dise : « Aidez-moi à bâtir ma maison ».

8. « Que celui qui a un champ le cultive, celui qui a un métier, le travaille — que l'abeille donne autant qu'elle peut de cire et de miel.

9. « Et dans la Maison Commune ayez deux livres — où chacun viendra écrire :

10. « Sur le premier, ce qu'il peut donner — sur le second, ce dont il a besoin.

11. « Et donnez à chacun ce dont il a besoin, autant que possible — sans mesurer ce qu'il peut fournir.

12. « Car le fort n'a pas de mérite à être fort — ni le faible n'est coupable d'être faible ;

13. « Ni l'habile n'a de mérite à être habile — ni le maladroit n'est fautif de l'être ;

14. « Mais chacun doit être jugé selon son bon vouloir — qui a fait ce qu'il pouvait est quitte envers tous.

15. « Ces choses ont été déjà dites — mais bien peu les ont comprises — *Paix sur terre aux hommes de bonne volonté*.

16. « Et si quelqu'un est accusé de ne pas faire ce qu'il peut — ou de demander plus que selon ses besoins,

17. « Réunissez les hommes mûrs et les femmes d'expérience — et examinez le cas avec bienveillance et charité.

18. « Et demandez-lui s'il veut vous donner ses raisons de procéder ainsi.

19. « Et s'il n'en donne point, laissez-le en paix, — mais ne lui donnez que le nécessaire.

20. « Mais s'il prétend avoir le droit d'être oisif — et de vivre aux dépens des autres :

21. « Chassez-le d'entre vous, et ne le laissez pas revenir — comme il a été dit : « l'oisif ira loger ailleurs. »

22. Or, les paysans lui dirent : « Mais notre village ne fournit pas tout ce qu'il nous faut,

23. « Il nous faut des habits et des outils de fer — et des choses qu'on ne fait qu'à la ville. »

24. Alors il leur demanda : « Mangez-vous tout le blé que vous récoltez, toute l'huile que vous faites ? »

25. Ils répondirent : « Non, chaque année nous vendons tant de sacs de blé et tant de mesures d'huile. »

26. Il leur dit alors : « Donc vous écrirez à ceux de la ville : « Notre village peut disposer de ce blé et de cette huile.

27. « Mais nous avons besoin de ceci et de cela, » dont vous donnerez la relation.

28. « Et ceux de la ville feront le possible pour vous donner ce dont vous avez besoin — voyant que vous faites ce que vous pouvez selon vos forces.

29. « Mais dans ce temps-là il viendra à vous beaucoup d'hommes et de femmes — qui ne voudront pas demeurer à la ville.

30. « Les uns avec des discours vains et stériles — les autres désireux de travailler avec vous.

31. « Mais vous les éprouverez à leurs fruits — observant quelles sont leurs œuvres.

32. « Et jugeant chacun, non d'après ce qu'il dit — mais d'après ce qu'il fait. »

33. Et les paysans discutaient entre eux — sur cette Heure qu'il annonçait.

CHAPITRE III

1. Dans un champ qu'il traversait, il vit un homme — qui travaillait avec une lourde houe.

2. Et cet homme peinait depuis trois jours — et le champ n'était pas encore préparé.

3. Alors il lui dit : — « Pourquoi ne laboures-tu pas avec la charrue ? — ton champ serait déjà prêt ».

4. Mais l'homme répondit : « Mon champ est si petit et je suis si pauvre — que je ne puis travailler avec la charrue ».

5. Or, il y avait là beaucoup d'autres paysans — qui peinaient aussi avec la houe ;

6. Mais quelques-uns, qui étaient plus riches — travaillaient avec la charrue à bras.

7. Et il leur demanda : « Pourquoi travaillez-vous avec cette lourde charrue — et non avec celle du château ? »

8. Ils lui dirent : « Nos champs sont si petits et nous sommes si pauvres — que nous ne pouvons louer la grande charrue ».

9. Alors il leur dit : « Quand sonnera l'Heure — renversez ces murs ».

10. « Comblez ces fossés, arrachez ces haies — et faites de tous un seul champ ;

11. « Et prenez dans le hangar du château la grande charrue — et labourez ce grand champ d'une seule fois ».

12. « Et quelques-uns feront ainsi le travail de tous — avec moins de peine ».

13. « Et le travail utile ne manquera pas pour les autres — car il y aura beaucoup à faire ».

14. Mais les paysans lui demandèrent : « Et que dira le maître du château ? »

15. Il leur dit : « Quand le maître du château entendra sonner l'Heure — sa langue sèchera dans sa bouche ».

16. « Si son cœur est mauvais, il tentera de s'enfuir — mais il n'ira pas loin ».

17. « S'il est sage et sait accepter l'inéluctable — il ouvrira sa porte et abaissera le pont de son fossé ».

18. Il dira à ses serviteurs : Allez, je n'ai plus de serviteurs — je ne paie plus de gages ni de salaires ».

19. « Qui veut rester avec moi, reste, qui veut s'en aller, s'en aille — quant à moi je vais travailler comme je sais et comme je peux ».

20. « Mais malheur à lui s'il est gonflé d'orgueil — car le dernier de ses laquais sera son égal ».

21. Et il leur dit cette parabole : « Il y avait un homme pauvre qui travaillait — dans la vigne d'un homme riche, dur de cœur ».

22. « Et cet homme riche maltraitait l'homme pauvre — l'appelant paresseux et le faisant battre par ses esclaves ».

23. « Mais l'homme pauvre acceptait tout avec résignation, pensant dans son cœur : « De quoi vivrais-je si mon maître ne me laissait pas travailler dans sa vigne ? »

24. « Or il vint un homme instruit qui lui dit et lui démontra — que la vigne n'appartenait pas seulement à l'homme riche ».

25. « Mais que lui, vigneron avait sur elle le même droit que l'homme riche — et ce droit était : la travailler et jouir de ses fruits ».

26. « Alors l'homme pauvre se réjouit et se mit à manger les fruits de la vigne — ce qu'il n'osait faire jusque là ».

27. « Mais l'homme riche survint et, courroucé, cria : Fainéant ! qui t'a permis de cesser de travailler — et de manger des fruits de ma vigne ? »

28. « L'homme pauvre lui répondit : « La vigne n'est pas à toi seul — mais nous avons tous deux le même droit sur elle ».

29. « Si tu veux en manger les fruits, travaille-la comme moi — car tu n'as pas d'autre droit que celui-là, qui est aussi le mien ».

30. « Alors l'homme riche se mit en colère et dit à ses esclaves : « Fouettez cet insolent jusqu'à ce qu'il perde connaissance ! »

31. « Mais cependant ne le tuez pas — car j'ai besoin de quelqu'un qui travaille ma vigne à ma place ».

32. « Mais l'homme pauvre saisit sa houe et frappa l'homme riche à la tête — et celui qui s'appelait le maître tomba mort, et ses esclaves s'enfuirent effrayés.

33. « Or, cela fut bien ainsi, car, pour celui qui commande — il est moins amer de mourir que de devenir l'égal de son serf ».

CHAPITRE IV

1. Vers le soir il entra dans la ville — et les artisans se groupèrent autour de lui.

2. Or, il en vit un qui paraissait très las — et qui marchait nu-pieds dans la boue.

3. Il lui demanda : « Quel est ton métier ? » — et l'artisan répondit : « Dix heures par jour je travaille à la fabrique de souliers ».

4. Et il vit une femme aux yeux rougis — qui était vêtue de haillons reprisés.

5. Il lui demanda : « Et toi, que fais-tu ? » — Elle répondit : « Nuit et jour, je couds pour un grand magasin de confections ».

6. Alors il leur dit : « Quand sonnera l'Heure — descendez des faubourgs au cœur de la cité :

7. « Ouvrez ces magasins, et vêtez-vous sans crainte — ainsi qu'il vous plaira, car vos mains l'ont créé.

8. « Non pas cependant comme les singes qu'on montre au cirque — ainsi qu'il convient à des hommes doués de raison ».

9. Or, la nuit s'approchant le peuple se dispersa — mais Ceux-qui-sont-sans-domicile l'accompagnèrent à travers les rues.

10. Et ils passaient par les grandes places et les larges avenues — pleines de monuments et de palais superbes.

11. Il demanda : « Qui dort dans ces vastes demeures ? » — et ils répondirent : « Personne,

12. « Car ceci est une église, ceci un tribunal — ceci est un ministère et ceci est une banque ».

13. Alors il s'assit sur un banc près du parc et dit : « Dormons ici » — mais ils l'avertirent, disant : « Camarade, c'est défendu ».

14. Il répéta : « Les renards ont leurs terriers et les corbeaux leurs nids — mais l'homme ne sait pas où reposer sa tête...

15. « Quand vous entendrez enfin sonner l'Heure — envahissez ces quartiers luxueux,

16. « Ouvrez ces palais et ces monuments — et venez les habiter sans crainte.

17. « Car il convient que ceux qui sont aujourd'hui sans domicile — aient alors les plus belles demeures ».

18. Mais au coin de la rue une prostituée l'appela et lui dit : — « Viens faire l'amour avec moi ». Et elle voulut l'entraîner.

19. Mais il lui dit : — « Ta voix sonne faux et ton visage n'est pas sincère — je ne veux pas de cet amour que tu vends ».

20. Alors le fard de la femme tomba, et elle gémit : « J'ai faim — et j'ai un petit enfant dont le père est parti, et qui a faim aussi... »

21. Mais il lui demanda : « Pourquoi ne travailles-tu pas comme les autres — pour gagner de quoi vivre toi et ton enfant ? »

22. Elle dit : « Quoi ? on m'a chassée de la fabrique quand je suis devenue grosse — et j'ai perdu l'habitude de travailler.

23. « Et puis si tu savais comment ils paient le travail des femmes — tu ne me dirais pas de pareilles choses.

24. « Si tu ne veux pas de moi, laisse-moi chercher un autre homme — qui nous donnera de quoi manger pour demain ».

25. Alors il lui dit : « Femme, il va sonner une Heure — où ton enfant et toi pourrez vivre sans que tu vendes de faux amour.

26. « Et personne d'ailleurs ne voudra plus de ce faux amour — car l'amour vrai sera désormais franc et libre ».

27. — Et comme il restait seul, pensif au coin de la rue — un homme armé qui l'observait vint et lui toucha l'épaule.

28. Lui disant : « Il est défendu de stationner ici ». — Mais il lui demanda : « Et toi, qui es-tu ? »

29. L'homme armé répondit : « Je suis le Veilleur-de-Nuit — et je fais mon service, obéissant aux ordres qu'on m'a donnés.

30. « Car, il y a, dans ces palais, des richesses innombrables — et si les voleurs y entraient quand je suis de service, je serais sévèrement puni ».

31. Mais il lui demanda : « Ces richesses sont-elles à toi, — ou t'en donnera-t-on une partie ? »

32. L'homme rit et dit : « Je n'ai rien à moi — que mon petit salaire ».

33. Alors il dit : « Ainsi le chien garde les richesses de son maître — et on lui donne en paiement un os et des coups de fouet ».

CHAPITRE V

1. Dans le temple il y avait une cérémonie — et grand concours de peuple, de clercs et de dévôts.

2. Et quelqu'un lui demanda : « Que sera-t-il de ceux-ci ? » — Il répondit : « Qu'en sais-je ! Mais ils ont bien sujet de crainte.

3. « Car il est dit de ce jour à propos d'eux : — « Le miserere est passé, les cloches de mort se taisent ».

4. « Mais le serviteur du temple, l'entendant, cria : « Cet homme blasphème ! Qu'il s'éloigne d'ici ! »

5. Et il s'amassa une foule de clercs et de dévôts — qui voulaient le chasser du parvis.

6. Mais il leur dit : « Malheur à vous clercs et dévots, qui fermez au peuple le paradis terrestre — qui n'y entrez pas et n'y laissez personne entrer.

7. « Malheur à vous, clercs et dévots, sépulcres blanchis, qui paraissez propres au dehors — mais dont l'intérieur est plein de vermine et de pourriture.

8. « Malheur à vous, clercs et dévots, qui remuez terre et mer pour faire des convertis — et qui les rendez dix fois plus pervers que vous-mêmes.

9. « Malheur à vous, clercs et dévots, qui dévorez l'avoir des veuves et des orphelins — sous le prétexte de prières et d'œuvres pieuses.

10. « Malheur à vous, clercs et dévots, qui prêchez la pauvreté et l'abstinence — et qui amassez des richesses, et êtes avides d'honneurs et de pouvoir ! »

11. Alors un homme politique lui dit : « Homme, en disant cela tu nous offenses, nous aussi ! »

12. Mais il répondit : « Malheur à vous aussi, législateurs et moralistes — qui chargez le monde de lourdes règles, que vous ne touchez pas du doigt.

13. « Malheur à vous, qui édifiez des statues à ceux que vos pères ont tué — et qui continuez à tuer ceux qui disent les mêmes choses :

14. « Car il vous sera demandé compte de tout le sang versé — pour soutenir votre puissance.

15. « De tous ceux qui sont venus annoncer une part de vérité — et que vous avez tués, brûlés, etranglés, décapités, fusillés,

16. « De ceux qui sont morts dans les cachots, — sous le soleil de Cayenne ou sous la neige de Sibérie.

17. « De tout ce sang, de toute cette douleur — il vous sera, je vous le dis, demandé compte, avant que cette génération ne passe ! »

18. Et le peuple se groupait autour de lui, murmurant : « Celui-ci est trop hardi, il ne parlera pas longtemps ».

19. Mais il leur dit cette parabole : « Un homme en mourant laissa un riche verger en héritage à ses deux fils.

20. « Or, le plus jeune de ses fils savait lire et écrire — mais était plein d'astuce et de malice.

21. « L'autre était simple et bon, mais n'avait rien pu apprendre — car il travaillait sans cesser, faisant chaque jour la tâche de son frère outre la sienne.

22. « Or, quand le père mourut, le plus jeune prit un papier — et écrivit sur ce papier mille folies et mille absurdités.

23. « Et, le présentant à celui qui ne savait pas lire, lui dit : — « Ce papier est le testament des volontés de notre père ».

24. « Voici ce qu'il nous enjoint : moi je dois tenir les comptes, dire des prières — et faire des choses mystérieuses, que tu es trop simple pour comprendre ; »

25. « Et toi, tu dois cultiver le verger, tailler les arbres — soigner les rejetons et greffer les sauvageons ; »

26. « Et tu récolteras les fruits quand ils seront mûrs, mais nous ne les mangerons pas — car ils sont pour notre père qui est mort, et ceci est un mystère sacré. »

27. « L'ignorant le crut et obéit ainsi durant longtemps — mais un jour il apprit à lire, »

28. « Et il lut le prétendu testament du père — et vit que ce n'était que mille folies que son frère avait inventées. »

29. « Et il surveilla son frère, et le surprit — qui mangeait à lui seul les fruits du verger. »

30. « Et jetait tout ce qu'il ne pouvait conserver — pour que son imposture ne fût pas découverte ».

31. « Alors il s'indigna dans son cœur contre ce frère imposteur — et le chassa violemment loin du verger. »

32. Or les clercs et les hommes politiques, entendant cela, furent saisis de rage — car la vérité est une épine cruelle, »

33. Et ils commencèrent à lui poser des questions insidieuses — pour le saisir en faute contre la loi et le faire tuer. »

CHAPITRE VI

1. Un élève clerc s'approcha de lui, et lui demanda : — « Maître, devons-nous respecter la Loi. »

2. « Mais il répondit : — « Jeune serpent — pourquoi m'appelles-tu maître ?

3. « Il n'y a en vérité ni disciples ni maître — car le maître lui-même peut apprendre beaucoup de son propre disciple. »

4. « Pour ce qui est de respecter la Loi, écoute : — « Respecte-toi, cela suffit, maintenant comme toujours. »

5. Or il passait une troupe de recrues — et un homme lui demanda, pour le tenter :

6. « Faut-il que les jeunes gens acceptent d'être soldats — ou doivent-ils refuser le service et s'enfuir ? »

7. Il répondit : — Planche pourrie [illegible]n te prendrait pour un homme, et tu es un piège !

8. « Je ne viens pas dire ce qu'il faut faire aujourd'hui — j'annonce l'Heure qui vient, afin que chacun se prépare ; »

9. « Alors ceux qui seront prêts sauront ce qu'ils ont à faire — en quelque lieu qu'ils se trouvent. »

10. Mais un de ceux qui se vêtent comme tout le monde — pour ne pas éveiller la défiance lui demanda :

11. « Toi qui parles si sagement, que nous conseilles-tu de faire — si la guerre éclatait entre ce pays et un autre ? »

12. Il lui dit : — « Masque sinistre, qui suis-je pour donner des conseils ? Je n'ai pas de patrie à défendre : ma patrie n'est pas encore de ce monde. »

13. « Mais sache que si la guerre fait une menace seulement — il est à croire qu'au bruit s'éveillera celui qui doit marquer l'Heure. »

14. « Et qui peut dire ce qui arrivera de ce pays et des autres — quand les hommes entendront l'Heure sonner ? »

15. Un autre lui demanda : — « Faut-il payer l'impôt à l'Etat ? » — Il répondit : — « Race aux oreilles bouchées ! »

16. « Voici près de deux mille ans qu'on t'a dit : — « Rends à César ce qui est à César. »

17. « Rends-lui les monnaies frappées à son effigie — et les billets gravés à son nom tu n'y perdras guère. »

18. « Car tout cela ne lui vaudra pas grand'chose — quand l'Heure des comptes aura sonnée ! »

19. « D'ailleurs aujourd'hui le pauvre paie l'impôt sans le vouloir ni le savoir — et quant aux riches : que les larrons s'arrangent entre eux ! »

20. Mais un autre homme lui demanda : — « Tu dis que les riches sont des larrons — mais ce manteau que j'ai acheté n'est-il pas à moi ? »

21. Mais il lui répondit : — « Qu'en sais-je, moi ? » — C'est toi seul qui le sais dans le secret de ta conscience.

22. « Ce dont tu as besoin pour vivre et pour travailler, cela est à toi légitimement — car le besoin seul justifie la possession. »

23. « Mais combien de fois ne vous a-t-on pas répété — que celui qui conserve ce dont il n'a pas besoin vole celui qui en a besoin ? »

24. « Va ! Quand l'Heure que j'annonce aura sonné — tu ne demanderas à personne si ce manteau est à toi. »

25. Et une femme s'approcha et lui demanda : — « Les enfants ne doivent-ils pas payer d'amour la vie qu'on leur a donnée ? »

26. Mais il répondit : — « La vie que vous leur donnez — vaut-elle vraiment qu'ils vous en remercient ? »

27. Et il ajouta : — « Tu vois cette fille criblée de plaies — dont la vie n'est qu'un supplice affreux et un incessant martyr ;

28. « Elle doit cette heureuse vie à sa mère, qui dès qu'elle l'eut conçue — essaya de s'en délivrer par des remèdes clandestins. »

29. « Or aujourd'hui cette fille sait tout cela, — Peut-elle payer d'amour la vie qu'on lui a donnée de cette façon ? »

30. « Quand l'Heure aura sonné il n'y aura plus ni père ni fils suivant la chair — mais celui-là sera père ou fils qui en méritera le nom par ses œuvres. »

31. « Et tous étaient confus et furieux à cause de ce qu'il disait — mais ils ne savaient que lui répondre.

32. Et ils n'osaient l'offenser publiquement à cause de la foule — qui se pressait autour de lui, avide de l'entendre. »

33. Mais ils disaient entre eux : — « Cet homme blasphème sur tout ce qu'il y a de plus sacré. » — et ils songeaient au moyen de le perdre et d'étouffer sa voix.

CHAPITRE VII

1. Cependant les paroles qu'il disait se répandaient par la ville — et les docteurs et les étudiants l'écoutaient avec attention.

2. Et l'un d'eux lui dit : « L'Heure que tu nous annonces, — c'est la Science, et nul autre, qui la marquera ».

3. Mais il dit : « Votre Science est une lumière bien belle sans doute — mais sur laquelle on a renversé un grand boisseau.

4. « Car il y a des millions de cerveaux dignes de la connaître et d'aider à ses progrès — qui gémissent dans l'ignorance.

5. « Parce qu'on les a courbés dès leur plus tendre enfance — sur une tâche épuisante et machinale ».

6. Un autre dit alors : « Il faut répandre l'instruction primaire — et rendre par des examens, l'instruction supérieure accessible à tous ».

7. Mais il dit : « L'instruction que vous imposez aux enfants — est bonne à les dégoûter à tout jamais d'apprendre ;

8. « Car tout y choque la logique et la saine raison — depuis la forme des lettres, l'orthographe et la grammaire.

9. « Et vous exigez que l'enfant prouve par examen s'être soumis à tout cela — avant de lui permettre d'aborder la vraie science ».

10. Or un maître d'école dit : « Ne faut-il pas cependant apprendre les règles — de parler et d'écrire correctement ? »

11. Mais il dit : « Cet homme est semblable à un hanneton attaché au bout d'un fil — tournant toujours dans le même cercle.

12. « Qu'est-ce en effet qu'écrire et parler correctement pour lui ? — sinon selon les règles qu'il enseigne ? »

13. Mais un docteur lui dit : « Ne faut-il pas conserver pieusement — les usages et traditions de nos pères ? »

14. Il lui répondit : « Embaumeur de choses mortes, laissez-les pourrir en paix — et ne nous encombre point de momies.

15. Mais un législateur vint à lui et dit : « Il est vrai que les lois sont souvent injustes — il faut en faire des nouvelles ».

16. Il dit : « Chaque loi que vous faites est grosse en naissant de crimes — qui n'auraient pas existé sans elle.

17. « Car elle prétend empêcher de se produire un effet — dont elle ne saurait atteindre la cause.

18. « Cherchez les causes des délits et des crimes et détruisez-les — vous n'aurez plus besoin de lois ni de supplices.

19. Alors un moraliste lui dit : « L'homme souffre, parce qu'il est avide de jouir — et que sa nature l'incline au mal ».

20. Mais il dit : « Sa nature l'incline à vivre, à rechercher le bonheur et fuir la souffrance — et ceci n'est point mal.

21. « Ceux qui enseignent le contraire sont des guides aveugles — impuissants à lutter contre la douleur universelle.

22. « Qui conspuent le plaisir, pour que l'homme accepte d'y renoncer — et glorifient la souffrance pour qu'il s'y résigne, ce qui est excellent pour quelques-uns ».

23. Mais le moraliste lui dit : « Selon toi, n'y a-t-il donc ni Bien ni Mal ? — Il répondit : « Descend des nuages à terre.

24. « En vérité je vous le dis : tout ce qui est bon est bien — et tout ce qui est mauvais est mal,

25. « Il est bien de vivre intensément, satisfaisant tous ses besoins, et d'être en harmonieux accord avec ses semblables — parce que tout cela est plaisir et joie.

26. « Il est mal de s'étioler dans l'ombre d'une prison, mortifiant sa chair, et de vivre en désunion avec les autres hommes, — parce que tout cela est tristesse et douleur.

27. « Il est bien d'être heureux, il est mal de souffrir — toute autre loi n'est que mensonge.

28. « Ce que la science doit enseigner aux hommes, c'est ce qui est réellement bon — et ce qui est mauvais sous l'apparence du bon.

29. « Car les hommes se trompent souvent, prenant le poison pour un remède généreux — et se préparant une grande douleur pour un petit plaisir.

30. « Ou cherchant le bonheur par des voies qui ne sauraient y conduire — et tout cela parce qu'ils sont ignorants.

31. « Mais il viendra, je vous l'annonce, un temps — où chacun réclamera toute sa part de science et toute sa part de bonheur,

32. « Et où les prophètes de la résignation et de la mort — seront pris au mot et durement éprouvés,

33. « Car s'il est sage de se résigner au mal inéluctable — il est criminel et fou d'accepter sans révolte le mal que l'on peut combattre ».

CHAPITRE VIII

1. Alors les artisans des fabriques vinrent lui demander : « Et nous, que ferons-nous quand l'Heure sonnera ? »

2. Il leur dit : « Réjouissez-vous d'abord, car le temps d'esclavage sera passé — et les jours de liberté seront venus ».

3. Mais ils demandèrent : « Et qui fera alors tout ce que nous faisons maintenant — et les autres choses nécessaires ? »

4. Il dit : « Quand le besoin de ces choses se fera sentir — il faudra bien retourner aux usines et aux fabriques.

5. « Mais tous ceux qui sont aujourd'hui sans travail, ou s'emploient à des choses inutiles et mauvaises — devront y retourner avec vous.

6. « Et vous choisirez les plus experts et les plus compétents en chaque branche — pour en étudier les conditions et les besoins.

7. « Afin d'obtenir les meilleurs résultats possibles — avec la moindre somme de travail ;

8. « Car en ces temps, comme personne ne voudra manquer de rien — il faudra produire bien plus qu'aujourd'hui,

9. « Ne fabriquant rien de mauvaise qualité, ni de ces choses de faux luxe — avec lesquelles les marchands attirent les naïfs.

10. « Mais faisant tout pour le bien commun — car la tromperie serait stérile et sans excuse.

11. « Le cordonnier met parfois de mauvais cuir entre les semelles — parce que les temps sont durs, et qu'il craint de n'être pas payé ;

12. « Le maçon cache quelque fois la pierre gélive avec du mortier — parce qu'il est las et que le maître le presse ;

13. « Mais s'ils travaillent pour eux-mêmes au contraire — ils font ces œuvres avec soin et solidité, car pourquoi se tromper soi-même ?

14. « De même, tout sera fait alors avec attention et avec goût — car nul ne sera obligé de faire quoi que ce soit contre son gré,

15. « Mais chacun choisira son poste selon ses forces et ses aptitudes — parce que le nom de parasite sera détesté.

16. « Quant à ceux qui prétendent vivre oisifs aux dépens d'autrui — vous les chasserez d'entre vous. »

17. « Vous ne laisserez pas non plus personne établir commerce — ni donner à louage terrain, maison, outil ou machine.

18. « Car nul n'aura nécessité de vendre ou de louer ce dont il a besoin — et cela seul dont il a besoin est légitimement à lui.

19. « Si donc quelqu'un offre à louer ou à vendre quoi que ce soit — n'importe qui aura le droit de s'en emparer s'il en a besoin.

20. « Il faudra savoir aussi ce dont vous avez besoin — parmi les choses qui viennent des champs.

21. « Et ce dont ont besoin les gens de campagne — parmi les choses que vous fabriquez.

22. « Pour que ni les uns ni les autres ne manquent du nécessaire — mais vivent tous heureux et en bonne harmonie.

23. « Et tout cela ne saurait se faire sans que vous soyez unis — pour étudier et mesurer d'avance vos besoins et vos forces.

24. « Préparez-vous donc dès aujourd'hui à toutes ces choses — pour savoir ce que vous aurez à faire le moment venu.

25. « Car si vous n'y pensez pas à temps, la faim viendra sur vous — et ce sera une grande calamité.

26. « Mais pourtant si cela arrive ne perdez pas courage — ainsi fuyez la ville et allez vivre aux champs.

27. « Car c'est de la terre que vient toute nourriture — et le travail de la terre est le fonds le plus sûr. »

28. Alors quelqu'un lui demanda : — « Dis-nous comment, en ce temps, fonctionneront : — la poste et le télégraphe, et les chemins de fer, et la navigation.

29. « Et comment on fera pour bâtir des ponts, percer des tunnels — construire les machines et les transatlantiques ? »

30. Il répondit : — « Comment on fera tout cela et bien d'autres choses encore. — Je n'en sais rien en vérité.

31. « Et si je le savais, et que je vous le dise — vous ne le comprendriez pas encore.

32. « Mais ce que je sais, c'est que l'homme ne renoncera à aucune chose utile — ainsi qu'on en fera alors plus d'usage que jamais.

33. « Il faudra donc bien les réaliser d'accord avec les nouvelles formes de vie — et c'est en cela qu'il faut avoir confiance. »

CHAPITRE IX

1. « Comme ceux qui l'aimaient s'étaient réunis autour de lui, il leur dit : — « L'Heure que j'annonce est l'Heure de vie,

2. « Où les hommes cesseront de se combattre, et travailleront d'accord — pour assurer au plus grand nombre la plus grande somme de bonheur possible. »

3. Or l'un d'eux lui demanda : — « Le bonheur ne serait-il pas — de vivre simplement, comme les hommes de l'âge d'or ? »

4. Il répondit : — « L'âge d'or n'est pas derrière nous, mais devant nous — et il s'appelle la société future. »

5. Alors un autre demanda : — « Pourquoi a-t-il fallu tant de siècles — pour entrevoir cet âge d'or ? »

6. Il répondit : — « La société future est semblable à une fleur luxuriante — croissant dans un riche humus. »

7. « Il n'y avait autrefois en ce lieu qu'une pierre nue, — un dur granit lavé des pluies. »

8. « Mais sur ce granit ont végété d'abord les lichens qui se contentent de peu — puis entre ceux-ci les mousses et les hépatiques.

9. « Et voici que ces premiers ont retenu les eaux de pluie — et des graines portées par le vent ont germé sur la pierre et ont poussé. »

10. « Jusqu'à ce que la surface de la pierre s'effritât et se couvrît de sable et d'humus — assez riche pour nourrir la fleur luxuriante. »

11. « Ainsi la Société future n'est possible que grâce aux formes antérieures — qui ont préparé le terrain où elle croîtra. »

12. Mais quelqu'un dit alors pour l'éprouver : — « La Société future sera fille de la violence. »

13. Il dit : « Aucune femme n'accouche sans effort — mais l'enfant naît quand son Heure est venue. »

14. « La Société future est semblable à un poussin dans sa coque — il doit la briser avec violence, sans quoi il ne pourrait sortir. »

15. « Mais ce n'est pas la violence qui a fait naître le poussin — ainsi que le germe et la nourriture qui était dans l'œuf. »

16. « C'est grâce à la coquille qu'il a pu se développer et prendre force — mais elle est maintenant un obstacle à la nouvelle forme de vie. »

17. « C'est pourquoi il brise cette coquille qui l'étouffe — et laisse épars les débris inutiles. »

18. Il dit aussi : — « La Société future est encore semblable à une grande rivière — lorsqu'après les pluies elle se met à grossir. »

19. « Les arbres et les lianes des îles obstruent son cours — et le sable forme des barrages en travers de son lit.

20. « Alors les eaux s'accumulent derrière cet obstacle qui les arrête — et il semble que la rivière cesse de couler. »

21. « Mais soudain cette digue s'effondre, les arbres se brisent, le sable se disperse — et les eaux se précipitent avec une impétueuse violence. »

22. « Et cette violence est nécessaire, car la rivière ne peut cesser de couler — et c'est une vaine tentative que d'arrêter les grandes eaux. »

23. « Mais ce n'est pas la violence qui a fait croître et s'enfler la rivière — mais les grandes pluies qui sont tombées, et le barrage lui-même. »

24. Alors ceux qui l'écoutaient comprirent et se pressèrent autour de lui. — Et il continua de leur parler par paraboles :

25. « Mais il arrive que les eaux en rompant le barrage avec violence — sortent de leur lit et ravagent les champs et les maisons des hommes. »

26. « C'est pourquoi ceux qui savent prévoir se munissent de haches et de crocs — en veillant à ce que rien n'obstrue le cours du fleuve,

27. « Et si malgré tout il se forme un barrage, ils courent le détruire — de n'importe quel moyen, sans se préoccuper du danger. »

28. « Et quelques-uns d'entre eux périssent, mais ne vaut-il pas mieux périr — que de vivre privé de tout et sous une menace perpétuelle ? »

29. « En vérité je vous le dis : munissez-vous de tout ce qu'il faudra — pour n'être pas pris au dépourvu quand sonnera l'Heure. »

30. Et ceux qui l'entendaient disaient : — « Il a raison. — Nous vivons privés de tout, et sous une menace perpétuelle. »

31. « Il vaut mieux tout affronter que vivre ainsi, car nous n'avons à perdre que des chaînes — et tout à gagner. »

32. Et ils se dispersèrent pour aller annoncer ces choses — et conseiller à leurs frères de se préparer pour quand viendra l'Heure.

33. Mais quelqu'un fût le dénoncer, disant : « Il prêche la violence et le désordre ». — Et les puissants résolurent de le mettre à mort.

CHAPITRE X

1. Or il vit que des hommes suspects le suivaient et l'épiaient — et il dit à ceux qui étaient restés autour de lui :

2. « Voici que mon Heure approche, je ne vous parlerai plus car je vais mourir — mais annoncez ce que je vous ai dit par toute la terre.

3. « Et pour éprouver les hommes s'ils vous demandent ce que vous annoncez — dites-leur : j'annonce l'anarchie.

4. « Et vous rejetterez ceux qui auront peur de ce mot — car un esprit ferme et résolu ne s'effraie pas d'une parole.

5. « Mais maintenant retirez-vous, car il suffit d'une seule victime. » Et ils se retirèrent, pour faire comme il avait dit.

6. Et quand il fut seul un homme s'approcha de lui et dit avec une feinte douceur : — « Viens avec moi, mon maître désire te parler. »

7. Il pensa : — C'en est fait, mais tout ce que j'avais à dire est dit. » — Et il suivit cet homme à la maison de son maître.

8. Et dès qu'il entra, ils se saisirent brutalement de lui et le jetèrent en prison — riant de lui et de ce qu'il avait annoncé.

9. Et le jour suivant ils le menèrent à un tribunal spécial — formé de juges prévenus pour le condamner.

10. Et il vint de faux témoins l'accuser de cent crimes imaginaires. — Les uns absurdes, les autres odieux.

11. Et les juges s'indignaient hypocritement contre lui — et dans la foule beaucoup disaient : « C'est en vérité un grand criminel. »

12. Mais lui, se sachant condamné d'avance, demeura silencieux — et ils le condamnèrent *à mort.*

13. Et ils le jetèrent dans le cachot des condamnés à mort — et, demeuré seul, il médita.

14. Alors il se souvint d'une vieille femme qui était toute seule bien loin de là — et qui aurait le cœur brisé en apprenant sa mort.

15. Et il revit une petite maison fraîche dans la montagne — entourée d'un jardin agréable et tranquille,

16. Où celle qu'il aimait lui avait dit : — « Je t'aime » pour le retenir — mais dont il s'était enfui sans même goûter un bonheur offert,

17. Pour aller annoncer l'Heure parmi les champs, les villages et les villes — sachant d'avance ce qu'il adviendrait de lui, et comment il finirait.

18. Car l'homme ne fait pas ce qu'il veut — mais ce qu'impose la force des choses.

19. Et il fut envahi d'une angoisse cruelle — et ce fut pour lui comme l'agonie de la mort.

20. Mais lorsqu'il eut amèrement pleuré sur lui et sur ceux qu'il aimait — son esprit se rasséréna et le calme revint en son cœur.

21. Et il pensa : — Voici que tout va s'accomplir — comme la logique des choses l'ordonne, et comme je l'avais prévu.

22. « Ainsi que le figuier ne donne que des figues et non d'autres fruits — celui qui sent en soi parler la vérité ne peut la taire.

23. « Ni s'attacher à aucune autre chose, qu'à l'annoncer et à la publier — sans se troubler des périls qu'il encourt.

24. « Ce qui paraît aux autres le bonheur, est pour lui fade et sans attrait — il ne saurait s'y complaire.

25. « Mais son bonheur est de suivre le penchant de son esprit — bien qu'il sache qu'il prépare ainsi sa perte.

26. « Car la voix qui annonce des vérités menaçantes — importune et trouble les puissants, même du fond des cachots.

27. « S'ils ne peuvent la réduire au silence, ils l'étouffent dans le sang — pour ne plus l'entendre, et pouvoir se croire en sécurité.

28. « Mais ce sang qu'ils versent est un témoignage qu'ils rendent à la vérité — et la mort de celui qui parlait devient le gage de sa parole.

29. « Donc il est bon que je meure, maintenant que j'ai dit tout ce que j'avais à dire — pour que mon sang scelle ma parole.

30. « Et que ceux qui m'ont entendu pensent : — « Il disait la vérité, puisque ceux qu'elle offense l'ont tué pour le faire taire. »

31. Ayant ainsi parlé, il révéra l'ordre admirable des choses — et attendit le supplice avec calme et fermeté.

32. Et le jour suivant, au lever du soleil, *ils le tuèrent* — et portèrent son corps dans la fosse commune.

33. Et parce qu'ils l'avaient tué, ils crurent avoir étouffé sa voix — mais ils vont bientôt comprendre leur erreur.

Imp. La Productrice (Ass. ouv.), 51, rue Saint-Sauveur.
Téléphone 121-78.

A LIRE

Notre Société est travaillée par un malaise général qui se traduit par des conflits que nos gouvernants solutionnent dans la rue par des coups de fusils ; à la Chambre, par des lois, dites ouvrières.

Les travailleurs ne savent pas davantage où trouver le remède. Tantôt, ils refusent toute confiance aux députés, aux gouvernants, et, aux périodes d'élection, ils se précipitent aux urnes pour en faire sortir celui qui leur aura fait les promesses les plus mirobolantes.

Devant le renchérissement de la vie, ils n'ont d'autre solution que de faire augmenter leur salaire, ce qui entraîne une nouvelle hausse des produits. Ce petit jeu peut durer indéfiniment.

S'ils veulent sortir un jour de leur situation précaire, il faut que les ouvriers apprennent quelles sont les causes de leur misère, et en cherchent eux-mêmes les moyens. La lecture des *Temps Nouveaux* pourra les aider.

Il existe une légende que la lecture en est ardue. C'est une erreur propagée par ceux qui s'imaginent qu'un journal doit leur apporter la solution de tous les problèmes. Évidemment, la lecture d'un article sociologique n'est pas aussi distrayante ni aussi amusante qu'un roman de Paul de Kock, mais il n'y a nullement besoin d'études préparatoires pour le comprendre.

Les collaborateurs des *Temps Nouveaux* n'ont pas la prétention d'apporter une solution toute faite à tous les maux sociaux. Ils espèrent seulement amener le lecteur à réfléchir par lui-même.

Le Service de quelques exemplaires sera fait gratuitement aux adresses qu'on voudra bien faire parvenir à l'Administrateur, 4, rue Broca, Paris.

EN VENTE AUX " TEMPS NOUVEAUX "

Aux Jeunes Gens, par KROPOTKINE, couverture de ROUBILLE.......... » 15
L'Education libertaire, par D. NIEUWENHUIS, couverture de HERMANN-PAUL » 15
Enseignement bourgeois et Enseignement libertaire, par J. GRAVE, couverture de CROSS .... » 15
Le Machinisme, par J. GRAVE, couverture de LUCE .... » 15
Pages d'histoire socialiste, par W. TCHERKESOFF.......... » 30
La Panacée-Révolution, par J. GRAVE, couverture de MABEL (*épuisé*)...... » 15
A mon Frère le Paysan, par E. RECLUS, couverture de RAIETER.......... » 15
La Morale anarchiste, par KROPOTKINE, couverture de RYSSELBERGHE ..... » 15
Déclarations d'Etiévant, couverture de JEHANNET.......... » 15
Rapports au Congrès antiparlementaire, couverture de C. DISSY .... » 85
La Colonisation, par J. GRAVE, couverture de COUTURIER .... » 15
Entre Paysans, par E MALATESTA, couverture de WILLAUME.......... » 15
Patrie, Guerre et Caserne, par Ch. ALBERT, couverture d'AGARD.......... » 15
L'Organisation de la Vindicte appelée Justice, par KROPOTKINE, couverture de J. HÉNAULT .... » 15
L'Anarchie et l'Eglise, par E. RECLUS et GUYOU, couverture de DAUMONT.... » 15
La Grève des Electeurs, par MIRBEAU, couverture de ROUBILLE.......... » 15
Organisation, Initiative, Cohésion, par J. GRAVE, couverture de SIGNAC... » 15
Le Tréteau électoral, piécette en vers, par LÉONARD, couv. de HEIDBRINCK. » 15
L'Election du Maire, piécette en vers, par LÉONARD, couverture de VALLOTON. » 15
La Mano-Negra, couverture de LUCE.......... » 15
La Responsabilité et la Solidarité dans la Lutte ouvrière, par NETTLAU, couverture de DELANNOY .... » 15
Anarchie-Communisme, par KROPOTKINE, couverture de LOCHARD.......... » 15
Si j'avais à parler aux Electeurs, par J. GRAVE, couvert. de HERMANN-PAUL » 10
La Mano-Negra et l'Opinion française, couverture de HÉNAULT .... » 10
La Mano-Negra, dessins de HERMANN-PAUL .... » 40
Entretien d'un Philosophe avec la Maréchale, par DIDEROT, couverture de GRANDJOUAN .... » 15
L'Etat, son rôle historique, par KROPOTKINE, couverture de STEINLEN...... » 25
La Femme esclave, par CHAUGHI, couverture de HERMANN-PAUL .... » 15
Vers la Russie libre, par BULLARD, couverture de GRANDJOUAN.......... » 45
Le Syndicalisme dans l'Evolution sociale, par J. GRAVE, couv. de NAUDIN. » 15
Les Habitations qui tuent, par Michel PETIT, couverture de Frédéric JACQUE. » 15
Le Salariat, par P. KROPOTKINE, couverture de KUPKA.......... » 15
Evolution-Révolution, par E. RECLUS, couverture de STEINLEN.......... » 15
Les Incendiaires, par VERMESCH, couverture de HERMANN-PAUL.......... » 15
La Vérité sur l'Affaire Ferrer, par Auguste BERTRAND, couverture de LUCE. » 10
Le Coin des Enfants, 2e, 3e série, chaque, brochés .... 2 »
Le Coin des Enfants, 1re, 2e et 3e série, chaque, reliés.. 3 »
Terre Libre, par J. GRAVE.......... 3 »
Patriotisme, Colonisation, illustré.......... 6 »
La Conquête des Pouvoirs Publics, publiés par J. GRAVE, couverture de LUCE ... » 10
Les Prisons, par KROPOTKINE, couverture de DAUMONT.......... » 15
L'Esprit de Révolte, couverture de DELANNOY.......... » 15
L'Enfer militaire, par A. GIRARD, couverture de LUCE.......... » 20
Sur l'Individualisme, par PIERROT, couverture de MAURIN.......... » 15
L'Entente pour l'Action, par J. GRAVE, couverture de RAIETER.......... » 15
Aux Femmes, par GOHIER, couverture de LUCE.......... » 10
Quelques Vérités économiques, par Louis BLANC, couverture de DISSY... » 10
Une des Formes nouvelles de l'esprit politicien, par Jean GRAVE, couverture de LUCE .... » 10
Travail et Surmenage, par M. PIERROT.......... » 15
Contre la Guerre, couverture de C. LEFÈVRE.......... » 15
La Conquête des Pouvoirs Publics, par J. GRAVE, couverture de LUCE. » 10
Le Parlementarisme contre l'action ouvrière, par PIERROT et GIRARD, couverture de RODO PISSARO.......... » 15
La Royauté du Peuple souverain, par PROUDHON, couverture de RAIETER.... » 10
Les Conditions du Travail dans la Société actuelle, par SIMPLICE....... » 10

www.ingramcontent.com/pod-product-compliance
Ingram Content Group UK Ltd.
Pitfield, Milton Keynes, MK11 3LW, UK
UKHW021035220726
13924UKWH00001B/325